KB070989

틀림없는 내가 될 때까지

문경수

시인의 말

 한 걸음 뒤로 두 걸음 앞으로. 두 걸음 뒤로 그리고 세 걸음 앞으로. 실패를 자책하지 않고 나아가다 보면, 작은 좌절쯤은 익숙해질까. 걷다 보면 덜 웃고, 덜 울겠지. 감정도 무뎌지고 매사에 머뭇거림도 없어질 테고. 첫발을 뗄 때의 그 마음은 서서히 더러운 발자국으로 지워질 것이다. 이 발자국을 따라 걷겠지. 돌처럼 나는 굴러다닐 것이다. 길을 지나는 누군가가 나를 아득한 곳에 집어 던져 주었으면, 그 먼 데서 길을 잃었으면, 할 때도 있을 것이다. 하나 나는 잘 안다. 원점으로 되돌아오리라는 것을. 그러면서도 내가 어떤 '근사치'에 도달하고 있다는 느낌. 그 느낌이 무섭다. 그게 말뿐인 시밖엔 안 된다는 게 섬뜩하다.

2024년 1월

문경수

틀림없는 내가 될 때까지

차례

2부 이 사람 그때 밥은 먹었으려나

3부 천사들은 무영등을 켜고

4부 얼룩진 꿈으로 문 앞을 서성이면서

해설

1부

온 세상이 까매지도록 서 있었다

단 하나의 의자

의자는 그의 유일한 벗
죽으려는 뜻마저 온몸으로 지지해 주었지만,

살아 보려고 뭐라도 하려는 인간과
죽어 버릴까, 망설이는 인간은 한통속이어서

그를 위해 마련된 단 하나의 의자는 다리가 부러졌다

의자 앞에서 무릎을 꿇고 죽음을 경배하던 그가
끝내는 양손으로 끊어진 줄을 붙든 비겁함을 보며

밀린 공과금 몇 푼어치가 막막한 사람에게
죽고 싶으면 죽어
타이른 지난날을
나는 뉘우친다

하나 우리를 무릎 꿇리지 않고 앉아 있도록 하는,
그런 우아한 의자는

산 정상에나 있었고

세상은 웃으며
기다란 험로를 일직선으로 늘어놓고
견뎌내기만 하면
누구든 닿을 곳이라 했다

가파른 경사면이 지도엔 생략됐는데도
남이 걸었던 길을 탐내는
환속한 인간들의
발자국을 따라 나는 걸을 수밖에 없었다

이보다 좋을 수 없는 기회는
더는 나아질 게 없는 절망

결국엔 밑바닥으로 치달은 길, 그곳 사람들은
낡은 의자를 고치고 의자를 나르고 색 바랜 의자에
기름칠했다

벼랑 끝을 배경 삼은 이들은 즉각 바닥에 무릎을 찧
었다

누군가를 사랑한다면
그깟 진흙탕도 대수는 아니므로

나는 의자 앞에 마주 앉아
울면서 살려 달라고 바짓가랑이를 붙잡고
비굴하게 설치다가
부러진 의자처럼 옆으로 쓰러졌다

나를 향해 기도하는 이 아무도 없어도

탑동

바람이 불면 우리는 공병처럼 운다

공무원 시험에 매번 떨어지는 놈, 친구들에게 꾼 돈 도박으로 탕진한 놈, 직장에서 몇 달치 월급 못 받았다는 놈, 돈 없는 부모 원망하는 놈, 결혼하고 반년도 안 돼 갈라선다는 놈, 그리고 그냥 삶이 슬프다는 놈…….

어깨를 치대며 노래를 흥얼거린다 삼킨 술만큼 저마다 다른 헛소리를 해대고
서럽고 분해서 막역한 벗에게 뺨을 올리는 시늉도 하지만 관둔다

우리 어릴 적 헛헛했던 마음은 야망 같은 걸로 헛배 채우면 그만이었지만
물건을 하나씩 빼면서 무게를 맞추는,
그러다 비워내는 게 미덕이라고 말할 줄 아는 나이가 되고

산들바람만 불어도 공병처럼 울보가 된다

누가 귀에 대고 잘 사는 게 뭔지 알려만 준다면
주먹을 풀고 자존심이고 뭐고 간에
짐승처럼 엎드려 울 수 있겠는데
그 생각도 잠시,
이까짓 일에 울 수는 없지 울어선 안 되지
먹지도 못하는 술을 들이붓는다

작은 바람에 휘청이는 몸을 서로 끌고 끌리며 걷다
오랜 벗은 울먹이며 말한다
내가 창피하냐, 창피해?

삼킨 것들을 이정표 아래 전부 게워내도
천근만근인 우리는 도로 노여움을 삼키며
망망대해의 조난선처럼 휩쓸려 간다

남문사거리

불빛을 껌뻑이는 충혈된 도로는
어느 도시의 슬픈 눈인가

긴긴 행렬의 선두에서 둔덕을 뚫는 할머니
수레 뒤로 쏟아지는 책
아니, 가만 보면 죽어 가는 새

꺼져 가는 불빛을 되살려 보려고 홰를 치는구나

글로 밥 벌어먹는 사람들은 세상을 바꿔 본 적이 없
는데

제 몸뚱이를 앞세워
한때 누군가의 열정을 부추겼던
이젠 아무도 안 읽는 책, 철 지난 잡지 따위를
신고서라도 나아갈 이유가 있는 세상인지
따져 본 사람은 되레

느리게, 느리게
요람 속에 잠든 이의 밥걱정을 달래고

야, 이 답답아, 가린다고 가려지냐 그게

엊저녁엔 품에 죽어 가는 새를 안고
함께 호흡을 맞추며 잰걸음했었지

살릴 수 있어. 살 수 있어. 살 거야.

그렇다면 나는 괜찮은 사람인가
나 정도면
나 정도 쓰면
이 도시의 잉걸불을 아름다운 점묘화라 말할 수 있나

그런 말을 가슴에 품는다고 다 시인인가

아, 오늘도 기어코 새는 죽지를 않는구나

알프라낙스

나는 정신과 의사와 아버지 얼굴을
번갈아 가면서 쳐다본다

그는 쉰 목소리로
새벽엔 별 보고 저녁엔 땅 보다
집에 돌아오는 막노동 생활이 지겹다 했다

분이 안 풀릴 땐 밤바다를 걸으며
악에 받쳐 소리를 지르기도 한다고

살면서 처음 들은 말이다

무슨 표정을 지을지 몰라서
의사 얼굴을 따라 했다

윤슬이 묻은 바다에 사람이 가라앉고 있다

미안하다,

잠꼬대하는 아버지
흰 약봉지처럼 누워 있다

이불을 목까지 덮어 주면 알약처럼 풀어지는 것 같다
반쯤 감긴 눈에
귀를 대 익숙한 목소리를 듣는다

나란히 누워 하늘과 아버지를
번갈아 보면

밀물이다

셔틀런

그대 얼굴 선하다
구급차도 대기 중이다

그런 괴물이 된다
죽을 만큼 힘들 때 한다는 생각이

고작

당신이 대신 죽어 주었으면 하는 바람

거기에 도달했을 땐 이미
어머니가 들것에 실려 간 뒤

한발 일찍 도착했다면
더 이 악물고 뛰었더라면
아니, 그녀가 그 전에
죽어 버렸어야 하는 건데

아무도 없는 트랙 위에 대자로 뻗는다

어머니 얼굴 푸른 담요 덮어 주면
향나무는 내 옆에 팔 베고 눕는다

어머니, 괜찮으니
제가 죽었다고 생각하세요
저도 죽었다고 생각할게요

그리 여기며 또 달린다
그러라고 배운다

죽어 버리라고 몰아붙일수록
요동치는 심장을 붙들고

푼크툼

소설가 김 형은 사진관에서 얼마 전
가족사진을 찍었더랬다

대전에 있는 그 스튜디오는
사진사가 친절하고 표정의 세심한 부분까지
잘 잡아 주면서
얼굴에 묻은 잡티도 잘 없애 준다고

대전에 살지도 않는 아버지를 들먹이며
블로그에 자랑처럼 써 놓았다

자발 호흡이 어려워
산소 호흡기에 의존하는 아버지의
병원비를 감당하기 위해
소일거리로 하는

거짓말

눈 자꾸 감으시네요

플래시가 터지면
형은 영 딴사람의 아들이 되고

플래시가 터지면
아버지, 좀 웃어 보세요
말 한번 괜히 붙여 보기도 하고

플래시가 터지면
눈을 꿈틀거린 것 같기도 한 노인이
긴긴 잠에서 깨어난 걸까

눈을 떠 보세요 아버지

플래시가 터지면
그게 진짜인 줄 알고 피식 웃어 버린다

사진 속
웃음 짓는 생면부지 인간의 눈을
볼펜으로 찔러대면서

중요한 건 가족이 아니니까
중요한 건 더 중요한 건

여삼추如三秋

뜯겨 나간 4월 달력 끄트머리엔 사람들이 여태 매달
려 있다

열한 달이 한 해인 이 도시는
기다려라, 가만히 있어라
확성 방송만을 반복하고

이 법은 열두 시간 뒤 효력이 발생한다

이 비극을 끝내자며
양복쟁이들이 의사봉을 휘두르는 동안
뒷산 칠부 능선에선 총칼 들고 진격 앞으로

불과 하룻낮의 일이었지

고장 난 시계를 보다 지겨워서
이 고지 위에 철조망을 엮어 달력을 걸고
한 장씩 넘기며 뒤로 물러서던 사람들은

그 자리에 군락을 만든다

하룻밤 사이

여름 가고 가을 가고
유례없는 폭설이 마을을 덮쳤다
고립되어 버린 이들의 핏빛 발자국은

멈춰야 한다
누구의 죄도 아니다

외치며 짓이겨 간 인주印朱

한 땀 한 땀 기다림으로 기워낸 4월 달력을 들고
찾아간 이 도시는 이미
하루 수십 명이 스스로 목숨을 끊어도
꿈쩍하지 않을 만큼 얼어붙어 있었다

한 해를 열두 달로 바꾸는 건
하룻날이면 거뜬할 일인데

포클레인과 덤프트럭이 오가는
고요한 빌딩 숲을 헤치며
너절한 4월 달력의 구김살을 펴는 건
매달린 자들의 몫인 걸까

잠시 뒤 온다는 평화는 누대에 걸쳐
전해지는 전설일까

빈 중심

츠, 츠, 츠. 파도가 밀려온다. 스무남은 갈매기 편대가 물먹은 종이처럼 찢어진다. 슬픈 소식을 이따금 물고 온다. 수년째 이 장면은 반복되고

훈련병일 때의 일이다. 일과 후 부모님께 편지 쓰는 시간, 동기들은 펜을 들고 골몰했다. 난 좌우를 흘낏거렸다. 꽤 긴 시간 동안 흐린 하늘 같은 걸 낙서했다. 비도 그리고 구름도 그렸다. 두 사람이 미운 이유를 곱씹으면서. 조교나 소대장에게 편지 봉투 속을 들킬까 맘 졸였다.

다행히 부대 전화로 편지 잘 받았다는 목소리를 들었다.

신병 위로 휴가를 받고 본가에 오자마자 편지부터 찾았다. 안방구석에 잠긴 서랍을 열쇠로 열고 공과금 고지서 뭉치에 파묻힌 봉투를 꺼내 든다. 둘은 편지를 받고 잘못 온 것이겠거니 했을까. 아니, 똑똑히 보았을 것이다. 차분한 마음으로 흐린 하늘에 덧대어 재차 확인했

을 것이다.

　봉투를 발기발기 찢었다. 츠, 츠, 츠. 파도가 밀려왔다.
흰 새들이 저 멀리로 흩어졌다. 울음소리가 사방에서 들
려오는 이때를 틈타 고백한다.

　이곳에 애초에 새 같은 건 살지도 않았고 온통 아뜩
한 잿빛 하늘뿐이었단 걸.

모라토리엄

자기야 나 있지,
언젠가 아름다운 새가 될 거야
당신 귀에 속삭였어요

날갯짓을 하다 보면 어느새 행려병자의 잇새에 낀
아픔을 쪼아 먹는 악어새가 된다는 계획,

그런 다짐,
하는 순간부터 뭐든 가능성은
생기는 거니까요

가슴과 맞닿은 방바닥의 떨림을
아득한 꿈의 여닫이문에 두드리는
노크라 여기며
새의 날갯짓을 흉내 냅니다

가능성이라는 마약을 뒷거래하는 밀실에서
작은 일교차에도 흔들리는

부패해 버리는 여리고
여린 우리

서로의 팔뚝에 만년필촉을 꽂아 주었어요
바늘 자국을 문지르며
침을 흘리며 비틀거리며 어지럽다고

내일부터
정말 내일부터 하자고

얼빠진 얼굴로 웃으면
눈 밑에 내려앉는 인기척 없는
밤하늘이 번져 와요

문경수

인터넷에 검색하면 나는 없고
마주하게 되는 영 엉뚱한 사람들
울고 웃고 때론 고개 숙이고
또 부끄러워지고

경수야, 이만큼은 해야 사람들이 알아봐

이름 석 자를 내걸고 산다는 건

한뉘 거리에 나뒹굴며 세상이 알아줄 때까지
치욕을 짓씹는 유치한 짓은 아닐 것이다

보통 사람들이 눈살을 찌푸려도 수년째
광장에 주저앉아 생존권을 요구하는 보통 사람들

이름으로 불리지 않고 저치라며 욕 들어도
살아내기 위해

이름 같은 건 버린 이들을 모른 척 지나치면
양쪽으로 늘어진 흥성이는 먹자골목 간판들
얼굴을 내건 주방장의 웃는 눈과 마주친다

야, 문경수! 쪽팔린 줄 알아, 새끼야, 좀 제발.

사람들이 제 이름을 소리 내 부르지 않는 까닭
알면서도
뭐라도 된 듯

나 아냐고
나 들어 본 적 없냐고

같은 이름의 누군가를 불러 본다

버려선 안 될 것을 버려 가면서까지
그게 틀림없는 내가 될 때까지

이번 역은 합정, 합정역입니다

아둘, 밥 잘 머꼬 잘 지내지? 애비가 응원하다. 오눌도 힘찬 하루 돼어라.

걸음마 떼는 아이 보듯. 글자 익히는 아이 보듯.

썼다 지웠다 끝내
답장 주저하는 중년 남자
옆자리 앉아 마음으로 응원하면

빠른 속도로 흐르는 영사기 필름

말더듬이 아저씨 휴대 전화
아들에게 보낸
카카오톡 채팅창으로 화면 뒤바뀐다

좋은 결과가 있을 거다. 조금만 참고 버티면 된다. 아들 힘내.

오래도록 답 없는 메시지 위
덧댈 말 망설이는 그런

시시한 영화 보고
중얼거리며 빠져나가는
답 없는 인파들

잘 지내고 있다는 건
알아서
알아차려야 한다는 결론에 도달하자

이번 역은 합정,
합정역입니다

내게 걸려 오는 아버지 전화

마땅한 일자리 못 구해도
돈 못 벌어도

근무 중이라 하고 끊는다

내선 순환선이 떨린다

걸음마 떼는 아이처럼
길 잃은 아이처럼
물밀듯 밀려오는 사람들

내 어깨 부딪치고
보란 듯이 같은 화면을 펼쳐 놓으면

이번 역은 합정, 합정역입니다

하고, 되돌아오는 소리

서향

어머니는 용돈 대신 부러 들키는 곳에
구멍 난 돼지 저금통을 올려 두곤 했다

격투기 게임 한 판 이겨 보겠다고 덤볐다 하면
몇 번 때려 보지도 못하고 수백 원을 날렸고

나를 벌레 보듯 보던 그놈이 집에 갈 때까지
주머니 속 마지막 백 원을 쥔 채로 서 있었다

오락실도 저금통도 자존심도 이젠 없지만
빚으로 점철된 마음의 구멍을 메운다고
하루 몇 번도 나는

할 수 있다 이길 수 있다

삼키는 것도 모자라
지인의 값싼 동정이나 동냥하는 신용 불량자의 심정
으로

어언 십수 년째 도피 중이다
힘들 때 떠올린 얼굴이 더 아픈 표정으로 나를 쳐다
볼 때

나를 닮은 아버지일 때

내가 휘두른 쇠 파이프에
막일을 마치고 온 그가 머리에 피를 흘리며
저 저녁 바다로 곤두박질칠 때
붉은빛이 이리로 비어져 나올 때

그것은 게임 화면인 줄만 알고 있었는데

반쯤 열린 안방 문 사이
퀸 사이즈 침대가 한참 남는 몸으로
쓰러진 노부부가 보이는 것이다

기울어진 문기둥을 한 손으로 받친 채로

나는 온 세상이 까매지도록 서 있었다

시를 씹는 밤

창밖에 내려다보이는 취한이
전봇대에 기대어 앉아
채 언어가 되지 못한 것들을 쏟아낸다

나는 휴대 전화 대신 수첩을 든다

사람들은 어째서
더럽고 불쾌한 걸
시라고 가르치는지

나이 지긋한 약사 흉내를 내면서
왜 자책하는지 혹은 그런 척해야 하는지
그러지 않고
안 쓸 수는 없는 건지

병든 노인네처럼 구는 사람의 진실된 조언을
왜 우리는 역겨워하지 않는지

손등으로 입술을 훔치는
저 취한은 알고 있는 것처럼 보인다

경광등 붉은빛에 휘감겨
길 뒤편으로 실려 간 그가 토했던 말을

구겨서 여물처럼 씹어 본다

되지도 않는 그 말을 삼키면
울렁거리는 속은 멈출 줄 모르고
요동치고

내 시가 누군가의 약봉지가 되든
밑씻개가 되든 아무래도 좋은 것이다

화마火魔

화염 앞에 다가서면서 마주한 벽

돼지들이 고기 굽는 냄새를 풍기며 질식사하는
혹한의 겨울 새벽
양돈장 화재 현장에서 깨단한 그 벽은

따뜻하다
환하고 밝은 게
때론 아름답기도 하구나

온기로 둔갑한 살기에 취해
그 똥 묻은 벽에 기대어
눈물 콧물 조금쯤 흘린 적 있다

휩싸인 연기 속에서
살길을 더듬어 가는 소방대원보다는
방송사 카메라 앞에 얼쩡거리는 얼뜨기에
내가 가까웠다는 사실을

아무도 알아채지 못하도록

따뜻한 화마만은 덮어 주었으므로
속삭였으므로

한 걸음 물러서, 뒤로 빠져, 그만하면 됐어

하한선뿐인 인생
버틴다는 건 다시 말해
비겁함이라는 밑바닥에 자갈처럼 박혀
움직이지 않는 하찮은 자세 같은 것

　소방차들도 하나둘 철수하고 숯등걸도 긴긴 잠에 빠
지는 그곳에서

　난 무엇과 싸웠나 나 이제 와 고백한다

　불 앞에 서는 것보다

불을 끄고 난 뒤
폐허가 된 현장의 암흑과 추위를
더 무서워하고 있었음을

나는 진정 나 자신과 싸워 본 일이 없음을

2부

이 사람 그때 밥은 먹었으려나

섬망

어머니 무릎 베고 옛날얘기 듣고 있으면

팽나무 아래
어머니께 무릎을 내어
곤한 잠에 빠지길 기다리는
여름 꿈속

말소리는 무음에 가까워지고
별을 하나하나 헤아리는 이 꿈속엔
별이 없어도 하나 둘
셋 넷 손끝으로 어머니 이마 짚으며

꿈이 아닌 걸 알면서
얼마 남지 않은 시간을 기다린다
무릎 주름이 나이테처럼 늘어 가는
이야기는 짙은 옹이가 지는데도
무럭무럭 자란다

말릴 수 없다면

아파트 앞 동 옥상
거꾸로 매달린 발목을 양손으로 쥔
아줌마
악을 쓴다

거센 바람에
정신 못 차리고 흔들리는
파란 매트리스 커버

구겨진 얼굴로 홰를 치며
둘 다 발버둥이다

이 화창한 날씨에

빨래집게는 마를 때까지
얼마큼의 소맷부리를
이 악물고 붙잡아 왔을까

쥐어 보면
손바닥에 묻어 나오는 건 없는데

덜 마른 걸 알면서도
속옷이 이것뿐이어서 입는다

너덜너덜해지도록
매달려 왔지만

나를 바짝 조여 오는

짓눌린 얼굴 같은 건
창밖으로
던져 버리고 싶을 때가 있다

울면서 달리기

네 맞은편
커피 잔에 들러붙은 방울방울은
한 방울이 돼
건물 외벽을 타고 외진 길 뒤로
얼른 도망쳐 버리고

언제나 넌 그런 식이었어

울컥하며 들썩이는 게 꼭
양은 냄비 뚜껑인 줄 알고 들었다 놓쳤을 뿐

그것이 누군가 당겨 둔 활시위란 걸
늦장마가 오고 나서 알아차렸지만

사방으로 튀는 슬픔이
밤새 배를 까뒤집고 생떼 쓰던 아이가
더러운 흙바닥에 그려 놓은 동그라미에
알알이 박힌다고 할지라도

그것은 네게 설움도 무엇도 되어서는 안 되니까

설령 슬픔의 과녁에 적중한다 한들
정중앙에 달린 밤의 젖꼭지를 비틀면

방패 모양으로 웅크리던 나는
정신이 바짝 들어서
이른 새벽 골목을 빠져나갔다
탈진한 몸을 끌고서라도

나는 네게
한 방울도 흘리지 않거나
다 울어 버린 뒤거나
그런 식이어야만 하니까

물을 반쯤 채운 물탱크차가
낮은 과속 방지 턱만 넘어도

물이 앞으로 출렁이며
수 톤의 차를 넘어뜨리는 것처럼

이 어중간한 마음으로는
전속력으로 달려야 했다
달려서 네 시야에서 사라지도록

버드 아일랜드

먼바다 외딴섬에 한 손 얹어
마음 한구석 잠든 나의
어린 어깨를 건드려 본다

하루 몇 번 우는 새 달래느라
격랑에 제 몸을 깎던 소년이
배 곯는 줄 모르고 뒤척이는 동안

비둘기 한 마리 날아와
내 뱃속에 둥지를 틀곤 한다

푸른 하늘 붉고
버짐 번져 오면

새는 구우, 구우
창피해서 운다

난 궁하지도 노엽지도 않다

너 같은 건 없이도 산다

모래톱에다 깃털로 끼적이면
새는 신이 나서 맨바닥을 쪼다가

더는
못 먹어서
진 빠진다

낯 뜨거운 저녁 물러날 적
새와 나는 창피해서 울다가

긴긴밤 잔다

이 갈며
배부른 꿈 꾼다

래커 스프레이

활어차를 몰고 비 오는
왕복 4차선 도로를 지나간다
그것은 어제저녁이다

테두리만 남기고 홀연 녹아서
감색 하늘 한 떨기의 별이 된
당신은 하늘과 구분되지 않고

구분되지 않을 때까지 으깨진다
지리멸렬한 세간과 옷가지는

무지갯빛 바다 위를 잰걸음한다

숨을 불어 넣을수록 거품 물고
하나둘
떠오르는 물고기 때문에라도

활어차는 밤늦도록 울면서 달릴밖에

다 피운 담배를 창밖으로 튕기면
울상인 네가 뒤쫓아 오는 것만 같다

석양 아래 뛰노는 노루와
눈 마주치지 않기 위해

안갯길에도 멈추지 않고
네가 누웠던 자리를 지나쳐야 한다

핸들을 꺾자
색 바랜 하늘을 비추던
등대가 나를 향해
매운 별빛 가루를 뿌려대고

나는 비상등을 켜고
갓길에서 눈을 비빈다

장난감 강아지 해리

내 반려견은
먼저 반기는 일 없이
머리맡을 지켜 왔다

해리는 스스로 태엽을 풀고
선잠에 빠진 내게 와서는
지긋지긋한
이곳을 떠나겠다고 고백했다

어르고 달래도 보았지만

목에 짖음 방지기가 채워진
나는
실핏줄이 터진 눈으로
거리를 질질 끌려다녔다

혼자는 움직일 수 없었다
버려지는 것 말고

방법이 없었다

클린 하우스 플라스틱 칸에
쌓인
유기견들과

새벽 일찍
쓰레기차를 기다리며
속앓이하다

어딘가로
영영 실려 가는 수밖에는

스턴트

오토바이로 경찰을 따돌리다
불꽃을 튀기며 아스팔트에 수십 미터 쓸려 간 저 배
우가
실은 나였다고 애인에게 말하지 않는다

몸 곳곳에 찢어지고 멍든 부위를
어눌한 투로 둘러대며
당신의 의심에서 달아나려는 그 순간순간도

우리의 관계가 끝장나지 않도록
괜찮아, 진짜
되풀이하는 말의 카라비너에
가느다란 유대의 끈을 결착하는 이 짓도

일종의 곡예가 되고
묘기가 되긴 마찬가지겠지만

무엇보다도 내가 견디기 어려운 건

다른 사람의 인생이 다치지 않게
대신 몸 쓰는 일
그보다도
세간에는 알려지지 않은 채로
누군가의 대용품이 되는 현실
아니, 그보다도
까놓고 보면 나와 다를 바 없는 인간을 맘속 깊이
미워하고 질투하고 있다는 사실이다

얼마 전엔 부하에게 배신당해
칼에 찔리는
조직의 행동대장 역을 어렵게 얻었다

밑줄 쳐진 대본을 들고
텅 빈 객석을 향해 내뱉은 말은

나는 괜찮으니,
괜찮으니……

나 대신……
(실은 속이 숯덩이가 된 가슴을 쥐고)

소극장 창문 안으로 새어 나오는 실낱같은
전봇대 불빛을 핀 조명 삼아 떠들던 독무대,
그날은 지붕을 때리는 폭우가
갈채 소리처럼 들리던 밤이었다

애인 앞에서 짐짓 웃으며
흠뻑 젖은 흰 셔츠 속
시뻘건 자상을 드러내는 일을
대역으로 쓰고 싶은 밤이었다

새연교
—정수에게

손잡지 마 옷을 잡아야 살점이 안 무너져
사람이 사람일 수 있도록 망가지지 않도록

한 발 다가가면 섬 뒤로 숨는 작은 무지개 같은 건 아
예 등져 버리고 나는 돌아서련다
한 발짝만 움직여도 한 아름 안기는 희고 맑은 빛 덩
어리 쪽으로
사람이 사람일 수 있도록 망가지지 않도록

가족들은 다리 위에서 먼바다에 저마다 머금던 슬픔
을 투망하고
깨진 무지개, 그 파편에 찢긴 옷, 윤곽만 남은 사람을
테트라포드 위로 건져 올린다

두 눈을 감는다
사람이 사람일 수 있도록 망가지지 않도록

그림으로 가는 사람

내 모습을 그려 달라 했다
늙은 화가는 캔버스 앞에서 심오해진다
붓을 들고 한참을 밑그림만 그린다

나라면 얼굴 먼저 그렸을 텐데
마음을 부러 비껴가기라도 하듯
붓 끝은 해안도로를 따라 바다의 물결에 이른다
그 위에 난파선 하나, 낡은 집 한 채 떠내려간다

썰물을 따라 나도 쓸려 간다

저녁 무렵 해안가에 이르면
까치발을 선 채 어른과 키를 재던 어린 내가
새까맣게 타들어 가고 있다

나를 그려 달라 했는데
곧은길을 걸어왔다고 믿었는데
화가는 굽은 길을 따라 걸어오는 그림자를

내 뒤꿈치에 닿게끔 색칠한다

고개를 젓더니 액자를 옆구리에 끼고
물러나면서 기다란 등을 보인다

나는 수첩을 꺼내 당신과
굽은 길과 긴긴 그림자를 만년필로 잇는다
가는 길 외롭지 않게 어깨에
손도 하나 올려 본다 잡히지 않는 당신

그려 둔 모래성을 발로 차 본다
바닷물이 엎질러진 캔버스엔
한데 뒤섞인 얼굴이 주름져 있다

당신인 것도 나인 것도 같다

건입

지난여름 폭우가 쏟아지던 날
가난한 동네 어느 하천가를 걸었다

때 묻은 생각은 하수구 위로 울컥하다 못해
첨벙이며 온몸에 튀고 있었다

나는 모르고 있었다 고슴도치처럼
서로를 찌르지 않고 품을 수 있는 최적의 거리를

너와 점심엔 라면 저녁엔 남겨 둔 국물과 햇반

그런대로 근사한 만찬이라고 우기며
거품 낸 지난날을 온몸에 문질러 온 어리석음은
씻기지 않은 채 각질처럼 굳어 있었다

함께 물을 쬐다가도
뜨겁다며 샤워기 레버를 돌려 버리던 나였다

이만하면 따뜻했다는 말은
네겐 한없이 차거나 미지근한 사랑에 불과한,
수은주로 치면 바닥이었음을

이 흙탕물 바닥은 막혀서 범람하고 있음을
보고 있을 수밖에는 없었다

미지근한 물을 쬐며 손끝 미세한 감각으로
너의 체온을 더듬어 보았다

안개 자욱한 배경은 짐짓
눅눅한 흑백 사진 속 연인처럼
보이는가 싶었지만

이불솜을 하늘에 덕지덕지 붙여 놓은 밤
씻지도 않은 몸으로 어느새
나는 열대야의 건천 주변을 맴돌고 있었다

사이키델릭

눈앞에서 흘러내리는 빙하와 바다, 설산

지축이 흔들리는
어느 유배지의 백야를 보며

너와 함께 누워
눈에 뒤덮여 얼어 가고 있다

나는 이 몽롱하고 졸린 기분이 좋아서
주머니 속 네 손을 잡고 움직이지 않는다
프렌치 키스를 하면서
세상의 종말을 준비한다

망토를 두른 태양신의 망나니는
나를 둘러싸 얼굴에 검을 겨눈다

그 사람은 죄가 없어요
다 내 탓이에요

그래, 차라리 내 눈을 멀게 해 주세요
눈을 찔러 주세요

빙하도 수평선도 눈산도
그리고 너도 칼에 난자당해
하얀 피를 쏟는다

그 벌어진 틈을 비집고 나오면
일순 집채만 한 소용돌이는

어느 아열대 기후의 해안가의 아침
조난된 배 위에
나 홀로 남겨 버리는 것이다

너 빼고 다 보이는
장님이 되고 마는 것이다

미드나잇 선즈

이번 생은 밝아 오지 않아 어렵겠다며
성큼 올라선 산 중턱 바위

섬을 밝히는 오징어 배 불빛은 나를 와락 안아 주었다

나무를 양손으로 안고 큰 숨을 마신다
좀처럼 놓아주지 않는 깍짓손

백야의 방사선이 온몸을 훑으며
낭떠러지 앞에 선 마음을 까만 아크릴판에 들춰내고
있다

독한 약을 한 움큼 삼켜도
앙상한 뼈마디에 걸린 혹 같은 건 도무지 씻어지지
않는다

그래서 나무는 손차양을 하면서 이파리를
절벽 아래로 던지고 있는 동안에도

땅만큼은 움켜쥐고 있는 거라고

하늘도 달빛을 게워내 그물코 사이로
비어져 나오는
제 허물을 바다에 헹구며 흐느끼고 있다

뜯어낸 손톱 위에 굽은 등
누르면 아픈

섬.

슬픈 꿈을 꾸는 우리의 자세

하트세이버
―준환에게

죽고 싶다며 눈감는 사람의
가슴을 함부로 짓이겨도 되는 걸까

신고를 받고 출동한 그는
잠긴 문 너머를 상상하는 습관이 생겼다고

까만 동공에 심어 둔 투시경이
두꺼운 갑종방화문을 뚫는다

젖은 옷이 담긴 세탁기 옆
쏟아진 수면제, 삐뚠 글씨로 적은 비문 가득한 유서,
몇 통의 부재중 전화……

갈빗대가 으스러지도록
식어 가는 사람을 누르며 무표정으로
스스로를 향해
"우리의 인생은 왜, 왜! 이토록 허무한 겁니까!"

다려진 셔츠를 붙들고
단추가 뜯어지도록 외치지 않으면

심장이 멈출까
덜컥 대답을 들어 버릴까

손발 구르는 동안
검은 비닐봉지 밖으로 삐져나온
짓무른 귤 두 개
푸른곰팡이 슬고 있다

빨간 십자가
문을 열고 사라진 사람은
소식이 없다

그나저나 이 사람 그때 밥은 먹었으려나

카운트다운

10

카운터펀치 얻어맞고 튀어 오른 저녁 하늘의 마우스
피스가 정지 화면으로 보이는 순간

9

첨탑에선 종소리 울리고 전신주엔 새 한 마리 앉는
다 무릎 짚고 다시 일어서라 부추기면

8

흰 수건을 만지작거리던 지난날 어수룩한 내가 죽도
록 미워진다

7

찢어지고 부어오른 얼굴, 외눈으로 겨우 보이는 것은

6

늦은 오후께 반투명 통유리를 통해서만 한두 뼘쯤
빛이 드는 방

가느다란 로프를 붙든 채 얼굴을 닦는 벌레 같은 사
람아

5
여기요, 여기요, 그래요, 손 흔들고 있는 여기요

4
얻어맞아서가 아니라, 이를 악물어서 아픈 거라며
한번 문 건 놓지 않는 핏불테리어처럼 짖어도

3
얼굴은 사라지지 않고 기어코
닳고 해지기만을 거듭하다 멍들어 간다

2
뭉게구름 한 뭉치 뜯어다 피 묻은 입가를 닦아 줘서
고맙습니다

1

나 잘 살고 있는 거 맞죠?

병든 개처럼 운다

3부
천사들은 무영등을 켜고

세화

무너진 콘크리트 더미를 헤쳐 붉은 새가 된 사람을
온몸으로 감싸며

일터에서 다치지 말자 죽지 말자 살아야지
시시로 안부를 묻는 우리는

사람만 생각하고 사람에 우네

울어도 울어도 눈물은
바다가 되지 않네 마음의 불을 끌 수 없네

새가 날아오르도록
불이 타오르도록 놔둘 수밖에는 없네

* 제주동부소방서 표선119안전센터 故 임성철 소방장을 추모하며.

네 멋대로 써라

시. 시.
그것은 입에서 나는 소리가 아니라
아픈 마음에서 들려오는 소리라는데

나의 마음은 아무렇지 않다

못난 마음 뉘우친다고 가슴께 쇠갈고리에 걸친다
그 복판 앞에서 한껏 뻗은 주먹은 되레 내 얼굴
때리던 아버지, 뇌 병변 장애를 가진 어머니를 향한다
둘은 샌드백처럼 휘청이며 툭, 툭, 나를 밀쳐낼 뿐

내가 내지른 건 반성의 무게가 아니라
알량한 자존심과 까닭 모를 울분을 실은
물 주먹이었으므로

멀쩡한 허우대로 태어나
용돈 없다 반찬 없다 부모에게
투정하는 이놈의 몹쓸 동냥아치는

주먹을 잘도 피해 왔으므로

나의 마음은 아무렇지 않다

시. 시.
비쩍 마른 입술과 탈진한 몸은
그것이 입에서 나는 소리라고 말한다

내가 껴안아 온 건 터진 샌드백이 아니라
바스라지지 않는 비굴한 위선의 쌀가마니였으므로
물에 만 밥처럼 끼니 삼아 한 움큼씩 욱여넣는다

나는 아무렇지 않은 마음으로 말뿐인 시를 쓴다

주먹세례를 피해 줄행랑치면서
남들에게 그저 구걸이나 하면서

정명正名

비석 앞에서 몸국 든 사발을 들고 얼굴을 파묻습니다

우묵한 바닥에 괴어 있는 흙탕물에는
숨겨 간 사람들이 반쯤 잠겨 있습니다
내 눈은 작아서 다 담아내지 못합니다

코끝 시큰해지는 추위를 이겨내야만
그들을 편한 마음으로 깨울 수 있습니다

독 안에 든 깍두기는 긴긴 시간
세상 매운맛 짠맛 말없이 견뎌 왔을 터

동면에서 막 깨어난 핏빛 응어리를 한 젓가락 집어다
입에 넣고 씹으면

고독, 고독, 고독.
춥고 외로운 빌레못굴 천장에

매달린 종유석은 굶주린 채로
침을 흘리고 있습니다

그렇게 비워내고 비워낸 끝에
우리는 사발 하나에 포개어집니다

입 안 가득 아직 맴도는 이 맵싸한 건

삼킬 수 없는 아픔입니까 토해내지 못한 울음입니까

그릇이 먼저 생기고 그릇이라는 말이 뒤에 따라붙듯
한데 담아내고 나면 이름은 나중에 오는 것이기에

백비白碑를 껴안고도 헛헛한 우리는 말없이
손을 맞잡고 양팔을 벌려 원을 만들고

저마다 가슴 한편에 괸 눈물 콧물을 떠다
지런지런한 국 한 그릇 젯메 옆에 둡니다

아침 드라마

그 먼 길을 한달음에 가서
남의 집 밥상머리에 앉아
싸움 구경을 하는 어머니

숟가락을 내리치며 언성을 높이다
마음이 약해져서는 고조된 사람들의
손을 서로 맞잡아 주었다

티브이를 끄면 까마득해졌다

정작 대문을 박차고 나가면 펼쳐질
아득한 자신의 앞길은 머뭇거리면서

엄마도 엄마가 처음이라서
그런 거라고 둘러댔다

학교 가는 길

공공 근로 나가는 어머니
어쩌다 뒷모습 보는 날엔

뒤에 서서 사라지기만을 기다렸다
한참

굳은살이 박이도록 걸어도
죄다 처음이라고 억지 부리면서

수천, 수백만 걸음을 내디뎌도

캄캄한 아침이었다

골든타임

소방관 일여덟이 치어다보는 건

6층 건물 난간에 걸터앉아 잠옷 바람으로 고심에 빠
진 사람

농익어서 누레진 하늘조차 한 걸음씩 뒷걸음질쳐 버
리고

그가 아뜩한 델 향해 넋 놓는 걸
나는 모른 체할 만큼 이 광경은 익숙하다
내일 친구에게
엊저녁의 소동을 미담처럼 늘어놓을 생각에 몸이 달다

붉은 벽돌 빌라 끼고 돌면
수평선
태양
연기 속 동료의 뒷모습

이 순간이 영원하길 바라는 내 앞의 연인과
모든 게 끝장나 버리길 바라는 6층 이웃의
시간은 멈추지도 서지도 않고
긴긴 해안도로를 따라 늘어진다

고작 낡은 건물 한 채 사이에 두고
어떻게든 갈 건 가고 올 건 온다는 현실만큼은
익숙해지지 않는다

나는 이 빌라에 고개 숙인 잡초처럼 살고 있다
실핏줄처럼 뻗은 길의 맥박을 짚으며
시간을 죽인다

난간에 누가 앉아 있어도
못 본 척할 수 있을 만큼
의젓한 어둠이 들이찰 때까지

양면 코트

감색 저녁은 몇 편의 드라마와 칼럼, 산책로를 엮어
견고한 도심의 안감을 만들어낸다 그것을 떼어다 사람
들은 헐거운 코트를 나눠 입는다 안주머니에는 술잔을
부딪는 사람들이 있다 그들은 자칭 건강한 시민이다 마
주 앉아 정의를 말하고 남의 일을 제 일처럼 끌탕한다
코트 안에 깃든 따뜻한 마음씨를 추켜세운다 질긴 믿
음은 좀처럼 찢어지지 않을 것 같다 그것들을 엮으면 자
기를 옭아매는 끈이 된다 당길수록 단단해지는 도시를
배경으로 무대가 펼쳐지는데……

코트를 입지 않은 남자가 다가온다

껌을 내밀며 허리를 접고 오천 원이요, 죄송합니다,
한 번만 부탁드릴게요, 정말 안 될까요? 아뇨, 죄송합니
다, 마음이 약해서가 아니다 코트 속 지갑을 여는 게 귀
찮아 적선을 베풀지 않는다는 걸 둘은 안다 서로 웃고
사과하면서 열연을 뽐낸다

코트의 끝자락에 매달린 남자는 매서운 바람에 굳어
간다 시민은 코트에 끈덕진 껍처럼 붙은 보풀들을 떼
어낸 뒤 자리를 옮긴다 테이블에 앉아 통유리 너머 뻥
튀기 파는 행상인을 보고 안주머니에 불씨를 되살린다
코트의 양쪽을 여밈과 동시에 도시 이야기는 대단원의
막을 내리고

아침 해가 뜨면 얼어붙었던 도심은 녹아내린다 몇 편
의 드라마와 칼럼, 산책로가 되풀이된다 도시는 허물을
벗고 새 옷을 갈아입는다

DNR*

농약 한두 방울이면
집채만 한 짐승을 쓰러뜨릴 수 있는데
입때껏 흘린 눈물론
아무것도 적실 수 없단 걸
나는 알지만

구순의 노인
손끝 미세한 떨림, 모기 눈물
그 하잘것없는 것에
대쪽 같은 인간은 무너지고 만다는 사실을
나는 알아서

어느 일본 만화 비련의 주인공이 흘린
눈물 한 방울이 미지의 빛을 발하며
불가사의한 힘을 만들어낸다고 믿는
바보 같은 어릴 적으로 돌아가고 싶다

입때껏 일궈 온 모든 논밭을 처분해도

주렁주렁 달린 중환자실의 최첨단 장비를
잠깐 작동하게 할 뿐
시한부의 수명은 딱 그만큼만 연장될 뿐이란
사실이 진리처럼 다가오는

어른이 될 때
울어도 소용없다는 걸 알게 될 때

비어져 나오는 무른 웃음을
모른 척해 주는
병원을 나는 들락거리며

열대야의 새벽, 타는 목마름이 오면
약처럼 삼키려고
눈물을 한 방울 한 방울 모아
마음속 약병에 담아 두었다

*심폐 소생술 거부.

웨어러블 캠

화마에 덮여 이글거리는 단독주택 앞

씨팔, 이거 안 놔? 왜 나한테 지랄병이야!
따귀 서너 대 맞은 날

선생님, 비가 오니까 일단은
일단은······

이건 네 잘못이 아니야
뺨을 쓰다듬는 동료 손이
맵싸해서 정신이 바짝 든다

아뇨, 나는 뉘우칠 잘못이 많아서 그래서
일단······

불을 지른 저 취한이
죽어 버리길 바라서도 아니고
자기 가족을 사지로 내몰아서도 아닙니다

다 떠나가라 울어도 이제는 소용이 없는 까닭입니다

퍼붓는 빗물이 눈물을 덮어
표정마저 지우는 까닭입니다
이 빗물만이 불길을 잠재우는 까닭입니다

사라져야 한다면 그것은 나인 것만 같습니다

집채만 한 까만 개 한 마리가 엎드려서 김을 뿜고 있
었다

저리 꺼져 버려!

앞축을 땅바닥에 쿡쿡 찍으며
미친개처럼 울다가
웃어 버렸다
배가 아파서 몸을 움츠릴 만큼

퇴원

"낭떠러지 끝에 매달린 나무의
처절한 손짓보다

떨어지지 마.

깊고 단단한 마음으로 나무를
뿌리째 움킨 바위의 웃는 얼굴은

어째서 귀하고 아름다운지"

손깍지 베고 밤하늘 보고 있으면
나 깊은 잠 빠지라고
나아질 거라고
몇 억 광년 떨어진 행성의
천사들이 무영등을 켠다

밤새는 날아와
벼랑 끝에서 양 갈래로 갈라진 내 가슴을

쪼아 먹고는
울면서 뭐라고 속삭인다

세상이 밉고
사람이 미워서
올라섰을 뿐인데

바위가 보인 건 미소가 아니라
위태로운 상처들을 꿰매어 놓은
수술 자국이었으니
녹슨 철로였으니

천 길 절벽의 갈림길에서
바위틈이 내어 준
그 아픈 내리막을

나는 조심조심
걷지 않을 이유가 없었다

장지 葬地

눈 한 뭉치 굴려 보냈더니
애먼 사람만 더 서러워진다

무너져 가는 그를 껴안으면
느린 속도로 능선을 타다가

죽은 사람의 굽은 등에 가닿게 된다

부삽으로 잉걸불을 건드려 보아도
큭, 하며 밭은기침 소리 꺼져 가고

나는 또 양손으로 나보다 커다란 사람 한 뭉치를 빚
어 본다

안아 본다 살포시 안으면
허리가 다 젖도록 서로 흐느낀다

그리 주고받는 동안 희끗해진 사람은

다 녹아서 해진 갈옷 차림이 되고

나는 또 서러워서 얼어붙은 바닥을 삽으로 찌른다

큭, 하며 울지도 못한 사람은
죽어서도 흠집이 나서 우는 상이다

삽으로 흙을 다지고
흩어진 동백 꽃잎을 손으로 쥐어 본다

칼바람은 사람들을 옹기종기 뭉쳐 놓고
동백나무는 여태 불똥을 튀기고 있다

내 목덜미를 어루만지고는 이내 미끄러지는
누군가의 무른 손끝이

느꺼운 봄의 등허리를 끌고 간다

습성

길바닥에 떨어진 내 나이 또래
오백 원짜리 동전 앞에 멈춰 선다

이젠 이런 게 기쁘지가 않아
예전의 내가 아니거든

애써 말해 보지만
주울까 말까 누가 먼저 줍진 않겠지
걸음을 떼는 척 발로 짓이긴다

학창 시절을 줄곧 괴롭혀 온 건
꼭 서너 푼씩 모자라는 애매한 생활비보다도
이런 빈곤에 익숙해진 나머지
하잘것없는 것에 깡마른 몸을 움츠려
자발적으로 승복해 버리는 습성 아니었나

종합 상가 유리 벽 앞에 엉거주춤 선 나를 마주할 때
짓밟혀도 붙어먹어야 산다 살아남는다

바닥에 해진 마음 하나
손으로 훔쳐내려다 놓치자
납작한 새 울음소리가 들린다

왜
아무도 안 쳐다보는데
마음은 바퀴를 달고 저만치로
미끄러지듯 도망쳐 버리는가

왜
나는 항상 몇 걸음 뒤늦게
도착하는 급급한 종종걸음인가

졸업

일분일초 아까운 아이들
하나둘 사라져 가는 늦은 아침

교무실 창밖 먼발치
등교 시간 지난 지 한참인데 태연한 아이
무언가 발로 차며 걷는다

그것은 죽어 가는 비둘기

뭐라고 말씀드리면 안 혼날까

손가락을 하나씩 접던 아이는
이내 오므린 손을 편다

새 앞에 멈춰 선다

고심한 끝에 아이는 이유를 찾았는지
학교 담장을 넘지도

개구멍으로 들어가지도 않는다

되레 느린 걸음으로
죽은 새를 학교 정문 앞에 두고는
학교를 지나쳐 버리는 것이다

창문을 닫자
죽은 아이와 죽은 새가
겹쳐 보이기 시작한다

수업 종이 울린다

염

나신으로 세신사 앞에 누워
침을 꿀꺽 삼키던 수줍은 아이는

보이기 싫은 곳에 손이 미쳐서
눈 감고 발가락 끝에 힘준 채로
애써 딴청을 피웠다 주먹도 쥐어 보았다

죽은 할머니를 옆으로
눕혀 놓고 몸을 닦을 땐

기분을 내선 안 된다

한참을 눌러도
되돌아오는 굽은 무릎을 보며
아버지는 눌러 보라고
눌러 보라고

엉엉 오래 우셨다

그 아버지는 이제 아이가 되려나 보다
아이는 다 큰 어른이 돼
그를 간이침대에 눕히고
옷을 한 꺼풀씩 벗겼다

어릴 적 만져 달라며 아이 손에 쥐여 주던
그것을 젖은 수건으로 닦아냈다
그는 물러 터져서 계속해서 쓰러졌다

힘주라고 힘줘
힘주라고 힘 좀 내 봐

똥오줌을 다 받아내고
기저귀를 주먹밥처럼 잘 뭉쳐서
종량제 봉투에 넣었다

딴청을 피우거나 주먹을 쥐어도

아이는 더 이상 아이가 될 수 없었다

5월 8일

꿈에서 만난 아버지
온몸에 산탄총을 쏴
화사한 정원을 만들었습니다.

장미 한 송이 꺾어
어머니 가슴에 달아 드렸습니다.

집을 나올 땐 잊지 않고 자물쇠를 채웠습니다.

요란하던 기척은 멀어집니다.

빛이 쏟아집니다. 온통 시든 백국뿐입니다.

한 다발 뭉쳐 저녁 바다에 던졌더니
난분분하는 화환 사이로

윤슬에 떠밀려 오는
어김없는 아버지

애월

지난겨울을 떠올리던 여름
달리던 버스가 급정거했다. 총성이 뒤미처 울렸다.

깨진 유리에 묻은 성에를 닦고 동상 걸린 손을 바다
에 담갔다.

눈바람에 흩날리는 네가 칼에 찔린 채 웃고 있었다.

그대로 두고 싶었는데
종점이었다.

표식

실금 간 물허벅에 꽃무늬 헝겊을 붙여 둔다

집에 오면 길어 온 물은 반도 남지 않는구나

4부
얼룩진 꿈으로 문 앞을 서성이면서

초심

연필심처럼 뭉툭한 철근을 한쪽 어깨에 인 사람

좀만 더 잘 휘어졌더라면
보다 높은 곳으로 도약할 수 있었을까

아시바에서 작업을 하다 건물 4층 높이에서 떨어진
인부

배는 터지기 직전까지 부풀어서
엎어진 헬멧처럼
언덕 하나를 만들어내고
금세 빌딩만큼 높아진다

터지지는 않고 숨은 이내 꺼졌다

손에 쥔 만년필을 철근이라고 생각하겠습니다
언젠가 내가 사람들 앞에서 했던 말
미끌미끌한 종이에 기댄 만년필촉처럼

궂은일이라면 어떻게든 피해 보려는 기질은

글을 쓰기로 마음먹으면서 생긴 것이다

나는 통유리에 비친 이와 나란히 걷는다

고층 빌딩에 매달린
낡은 옷가지가 만국기처럼 펄럭이는
농성 현장은 작은 입김에도 흩어져 버리는
종잇조각처럼 보인다,
라고 메모장에 쓴다

누가 죽어야만 잠깐 모이는 광장에서
곧 끝난다는 사람들의 절망 예행연습은
어느덧 진부한 생활로 자리를 잡고

나의 눈망울은 그들이
내려다본 점조직의 밤거리를 닮아 간다

그 눈으로 본 세상엔
건물의 밑바닥과 꼭대기를 잇댄
투명한 철근이 있다

온몸이 짓뭉개져
숨을 헐떡이는 내가 있다

미장

아버지가 아무도 나갈 수 없는
미로를 만들어내는 동안

가도 가도 끝없는 복도를 헤매면서
나는 망치를 들고 앞을 부줬다

하루에도 몇 군데를 돌면서
깨진 벽에 시멘트를 바르는 아버지

얼마나 많은 실금을 문질러야 미로가 완성될까

미로를 만들다 미로에 갇힌 둘은
어딘지도 모르는 곳에서
서로를 탓하며 부수고 세우고를 반복했다

아버지는
지워지지 않기 위해 벌어진 곳을 메우는 동시에
틈, 사이에 움을 틔웠다

틈이란 말엔 가득 차서 넘치는 실뿌리가 자랐다
뻗어도,
또 뻗어도 벽과 마주하는

출구를 찾다가 둘은 자꾸 얽매였다

삐져나온 잡초 위에
흙을 다지던 그의

건너편에서
실금처럼 앙다문 입을 하고
못과 망치를 쥐던

내겐 그런 복도가 많아서

때때

친구가 꼬마 조카 선물 사러 신발 매장에 간 날

나는 됐어

진열대에 놓인 신발을 만지작거리는 누나가
마음에 걸린다고 했다

나도 만져 본다 수년째 소식 끊긴 여동생의 빛바랜 신
발을
이따금 동생 이름으로
학자금 대출 관련
우편물이 집으로 날아오면

죽지는 않았구나

앞코 터진 신발을 신고 가출을 시도하던 어느 날

맨발로 달려와 가지 말라며 울부짖는 동생을

말문이 막혀 울음이 그치도록
손에 익어 거리낌 없어질 때까지
때린 게 마음에 걸린다고 했다

친구가 동생 안부를 묻는다

나는 됐어
새끼야, 너 말고 네 동생

캔 맥주를 들었다 놓고는 흘낏한다

그가 귀띔해 준 편의점
카운터에 마스크 쓰고 고개를 푹 숙인
동생 쪽을

눈치챈 건 아니겠지
그 신발을 진열대에 올려 두고
나 홀로 집으로 돌아온다

4B

저 비포장도로를 넓은 아스팔트 도로로 빚어 왔건만
창창한 앞길을 그려 왔건만
끝끝내 닳는 건 그

구멍 난 양말을 벗어 뒤꿈치에 박인
각질을 도려내던 아버지는 부나비 같은 인생의 단면을
연필 부스러기처럼 털어내곤 한다
적어도 나한텐 뾰족한 연필심이 아닌 뭉툭한 지우개
가 되려 했던 건지도

모르는 사람에게 선한 얼굴로 건네던 유리문을
머리가 커진 내가
당신 앞에서만큼은 쾅, 닫아 버릴 때
깨진 유리의 표정은 태풍의 눈이 되고
뒤돌아선 당신 뒤통수에 흰 쌍가마로 박혀
거짓된 죄책감에 휘말려 나는 허우적거리고

그는 내가 미치광이가 될까 봐

몹쓸 흔적들을 거친 손으로 문질러 지워 주었다.

숨을 불어 내 손으로 닦으면 얼룩지던 피가
그의 손만 닿으면 말끔해지던
그런 유리는 없어졌지만
등을 박박 문지르며
서로의 더러운 부분을 흐르는 물에 씻겨내는

우리.

나는 아버지 척추에 박힌 연필을 꺼내 들고는 그 등
에 대고
기다란 왕복 8차선 도로를 그려 준다

그렇게 그는 먼 길을 따라 지워져 가고
지워져서 얇고 까만 한 가락의 때 국수가 되고

한평생 내 앞길을 막는다

자율학습

가정 통신문에 적힌 수학여행 경비
490,000원
내지 않으면

빈 교실에서 공부해야 한다
'어디에서부터 무엇이 잘못된 걸까'
수업은
남겨진 사람의 몫

기죽은 자식 달랜다고
어머니는 동네 곳곳을 누비며
꿔 온 49,000원을 봉투에 넣어
손에 쥐여 주셨지
담임 선생님은 연신 미안하다는 말만 했다

0 하나만 더 붙이면 되는데
0은 아무것도 아니라는 말인데

그깟 게 뭐라고
왜
사과를 받는지

급식소에 앉아
뭉칫돈을 꺼내
국에 말아 먹는다

배가 부른데도 욱여넣는다
아플 때까지
벌한다는 마음으로

그건 먹어선 안 되는 것이고
삼킬 수도 없는 것인데

낡은 바다를 입고 잠들면

더러운 항구, 누리끼리한 바다의 맨살을 꿰매는 꿈속 수술실의 아버지. 넝마 가운을 걸쳐 입고 의류 수거함에 팔을 뻗는다. 엉킨 옷가지를 검지와 엄지로 문지르며 꿈의 단면을 청진하는 아버지. 기어이 내가 버렸던 옷을 들고 와 도로 입히는 아버지. 나는 그 옷을 가위로 잘라 버린다. 얄따랗고 긴 실을 검지와 엄지로 문지르는 어머니. 실눈을 뜨고 쳐다본 바늘구멍 안엔 작은 섬 하나 있다. 그곳으로 도망치는 나. 끝을 보고 싶어서.

배를 타고 저녁 바다를 가르면 나의 마음은 두 갈래가 되지만 동영상을 되감듯 바다는 갈라진 흔적을 지워 버린다. 뒷걸음치며 실을 반대로 감는 나. 아버지와 평행선을 걸으려 할 때면 석양의 붉은 실타래에 꽂아 둔 바늘을 뽑는 어머니. 기어이 나와 아버지의 길을 일직선으로 기워내는 어머니. 그렇게 우리 가족은 같은 길을 실밥처럼 떨어져서 제가끔 걷는다. 멈추지 않는다. 끊어지지 않는다. 한배를 타고 있다.

갈라진 마음은 곧장 잔잔한 핏빛 바다가 된다. 언제쯤 섬에 도착하나요. 뱃머리 위에 서서 불러 보는 어머니. 아버지. 먼 곳까지 갔다 이내 그들이 있는 집으로 되돌아오고야 마는 나. 실눈을 뜨고 바라본 현관문 열쇠구멍 안엔 바다에 수장된 섬 하나 있다. 그리고 섬에 눈먼 나를 건져내기 위해 투명하고 눈부신 그물을 던지는 꿈속 어머니, 아버지.

옹포

집 안으로 스미는
어슴푸레한 빛을 건들면
물고기자리, 꿈틀댄다

작은 배 한 척 현관문 불빛에 반짝인다
격랑에 쓸려 와 주저앉은
아버지
오늘도 허탕이다

자리다툼을 하다
한쪽 입이 찢어진 노인은
머리카락 뭉치를
한 손에 쥐고 있다
쥐어뜯겨 생긴 서너 개의 땜빵을 모른 체한다
연고를 발라 주지 않는다
모비딕과의 사투 끝에
생긴 상처라고 믿기로 한다

그의 앙상한 팔뚝에
없는 근육을 보태어 말하지 않으면
낚싯줄을 당겨
별자리를 바꾸어 놓지 않으면

다시는 그가
출항할 수 없을 것 같아서

피 칠갑한 등허리가
바다를 물들이며 가라앉는 밤
고래자리, 뼈가 하얗다

올레길

볕에 그슬려 돌아온
애비와 자식
부싯돌 부딪치며 다투는 동안

따뜻한 방에서 재운다고
어머니는 속으로
새까만 장작을 패고 있었는지도

수통에 끓인 눈물을 넣고
겨울밤을 끌어안고 잠들었는지도

어머니 얼굴에 옹이가 짙어진다
장작 패던 막대기처럼 파리하다

그것은 나의 고독을 지피는
뭉툭한 성냥이 될지도 모른다

집이 싫어서 골목을 빙빙 돌다

애꿎은 돌멩이나 발로 차면
동네 아이와 시비나 붙던

유년을 버티게 해 준 것은
펄펄 끓는 마음속 용암을 식혀
하나씩 혼자 쌓아 둔 돌담길이었다

나는 언젠가 이 길을 두고
손끝으로 더듬은 점자를
한 자 한 자 읽어내겠지

제풀에 꺾인 철부지는
쪼그려 앉아 돌담 틈에 고인
뜨끈한 빛의 일렁임을 보다가

몽동발이가 된 어머니의
지팡이를 짚고 겨우 일어난다

승희미용실

엄마가 아빠에게
죽도록 얻어맞던 어느 날이었습니다

맛이 이게 뭐냐며 던진 국수 그릇을
뒤집어쓰고 그녀는
쏟아진 골목길을 탁한 국물처럼
걸어갔습니다

나는 아빠가 쫓아가지 못하게
손에 쥔 벼린 칼로
길목을 썰고 있었습니다

엄마는
경호 엄마네 미용실에 들러
머리에 뒤엉킨 국수 가락들을
세면대에 풀어내곤 했습니다

한번 들어갔다 하면

몇 시간이고 나오지 않았습니다

날이 어두워지고
간판에 불이 꺼집니다

그리고 굵은 빗방울

퉁퉁 불은 기억들이
갑자기 잘리기 시작합니다

방금 올라온 국수 앞에서

식탁 아래 식칼을 감추고
아빠 옆에 앉아

뜨거운 국물을 호호 불면 나는
안개를 헤쳐 저벅저벅 미용실로 향하는
어슷한 젓가락이 됩니다

상생

크레바스 안에 은둔 중인 어미 설인은
싸락눈과 빛 몇 모금으로 배를 불린다

쌀쌀한 밤이 되면 밧줄을 당겨
알전구를 떼어다가 가슴에 품고 잠든다

눈이 녹아 범람하자 설산이 통째로 떠내려간다

새끼는 로프 하나에 의지한 채
목 놓아 울지만
먹먹한 포효가 간혹 들릴 뿐이다

어미는 들이차는 눈에
물컹한 어둠이 딱딱해지도록 놔두진 않는다

괴력으로 로프의 매듭을 점검하는가 하면

건물의 휘어진 철골을 편다

누구도 우리의 불행에
간여할 수 없다고 믿으면서

급기야 만년설의 산을 집어삼키고는 쓰러진다
혀를 빼문 아가리 속에서
김을 뿜으며 졸고 있는 알전구

새끼는 동면에 접어든 어미를 흔들어 본다
혹한과 싸우는 설인의 몸속에도
해는 떠오를 것인가

가득 찬 물통은 동요하지 않는다

배꼽처럼 찌그러진 얼굴을 하면
뜯어진 문고리가 만져진다

배를 두드리면 두드리는 소리가 난다

유전

한겨울을 품에 안은 이의 굳은 몸은
악몽의 거푸집이 되어
영혼의 창백한 독백 같은 걸 토해내곤 한다

녹슨 쇠 냄새가 나 녹슬었네

단칸방 아빠 품 안겨 잠들 때
나 어릴 적 곧잘 했던 말

오래된 기계 같아 녹슨 기계

온갖 공구로 짓이겨도
풀어지지 않는
찌그러진 나사의 표정을 밤마다
우린 부품처럼 얼굴에 박아 두곤 한다

아빠 가슴팍에 귀를 대
양 눈으로 어둠을 그러쥐고

그의 꿈을 도킹하던 밤

연장을 든 채 걷던 당신
등 뒤로 하얀 푸념을 흘리다
해무 속에 얼비쳐 멀어지고

따라오지 마.

침 묻은 밤의 거친 살갗에
치대어 당신은 기침하고
녹슨 나사를 별처럼 쏟아낸다

피 냄새가 나 뜨거운 피 냄새가

우리는 고장도 나지 않고
때 되면 밥 먹고 집 안팎을 들락거리는
낡은 기계가 된다

자유시간

모르는 아이에게 초코바 한입
구걸했다 퇴짜를 맞던 하굣길

길바닥에 버려진 초코바 봉지를
두리번거리다가 들춰 본 적 있다

개미 몇 마리 떼어내어
볕살에 녹아내리는 그것을
혀끝으로 핥아 보았다

쉬이 먹지 못하는 걸 먹으면
아, 어지럽다 아득하다
없던 힘이 솟는 것만 같다

그 달콤함에 물들어
마트에 있는 초코바 몇 개를
훔친 적 있다

허름한 건물 뒤편에 쪼그려 앉아
콧물 범벅인 그것을 해치웠지만
아무 맛도, 아무 힘도 나지 않았다
목이 메어서 가슴만 두드렸다

나는 다 커서도 버려진
과자 봉지 따위를
손으로 들춰 보곤 한다

그것을 먹고 배탈이 나서
방에서 서러워하다가

녹은 초코바처럼 눌어붙었다가
흘러내리는 이불을 턱끝까지 당긴다

아파트

뉴스에서 집값 얘기가 나오면
무릎은 점점 칠이 벗겨진다 그래도 꿈은 이루어진다고
고집을 피운다 엄마는

아파트를 드나드는 게 일이다
사람들이 밖을 나가는 시각에 들어와
계단을 오르며 문 바깥으로
새어 나오는 웃음소리를 숨죽여 듣는다

집을 제외하고 1층부터 옥상까지 이어진
계단과 복도는 거의 엄마의 것이다 하지만
엄마의 것은 아니다

무릎에 물이 찬 그녀는
첨벙거렸고 층계를 오를수록 말수가 줄었다

넘어서지 못한다는 거 그거,

하마터면 살 뻔했지만
거의 살 뻔했지만

아파트 외벽 페인트가 벗겨져도
엄마는 우긴다

경비실 옆 창고에 땟국물 흐르는 마포 걸레로
계단과 복도를 닦으면서
얼룩진 꿈으로 문 앞을 서성이면서

먼 지평, 시와 삶 사이의 말들

최진석(문학평론가)

1. 원점에서 원점으로

삶이 그대를 속일지라도
슬퍼하거나 노하지 말라
우울한 날들 참고 견디면
기쁨의 날은 오고 말 것이니

마음은 미래에 사는 것
오늘은 언제나 슬픈 법
모든 것은 눈 깜짝할 새 지나가리니
지나가 버린 것은 다정하게 마련이다

러시아의 문호 알렉산드르 푸슈킨의 이 시를 언젠가
이발소 벽이나 껌 종이에서 읽어 본 적이 있을 듯하다.
지금 이곳의 현재가 아무리 고달프더라도, 언젠가 다가
올 좋은 날을 위해 묵묵히 견뎌내라는 것. 고단한 생활
에 지친 사람들에게 이만한 위로도 드물 성싶다. 하지
만 다른 한편으로 이 시는 어쩐지 우리를 울적하게 만

든다. 미래의 어느 시점, 올지 안 올지 알 수 없는 "기쁨의 날"을 위해 결국 오늘을 바쳐야 한다는 사실 때문이다. "모든 것은 눈 깜짝할 새 지나"간다거나, "지나가 버린 것은 다정하게 마련"이라는 시구는, 결코 오지 않을 "미래"를 위해 "오늘"을 체념하라는 뜻 아닐까? 원점原點을 빙빙 도는, 원점에서 원점을 향한 되돌이표일 뿐인 삶. 그럴 때마다 시는 최면의 미사여구가 아닌지 의심스럽다. 시는 정녕 미래를 약속하는가, 혹은 현재를 속일 뿐인가? 시의 위안, 그것은 어쩌면 시의 기만이 아닐까? 그럼에도 시는 왜 존재하는가?

문경수의 첫 시집은 이 질문에 대한 답을 찾기 위한 여정이다. 생활이 마음을 짓누르며 자아를 부대끼게 만들 때, 시인은 다만 "공병처럼 운다"(「탑동」). 빈 병이 우는 울음, 그것은 헛되이 비워진 것을 안타까워하는 것이면서도, 또한 다시 채울 수 없는 빈자리를 있는 그대로 받아들이려는 체념의 노래에 가깝다. 잃은 것은 보내 주고, 오지 않을 것을 애써 기대하지 않으려는 초연함. 그저 "비워내는 게 미덕이라고 말할 줄 아는 나이"라 자탄하며, 누구도 탓하지 않으려는 조용한 몸짓.

산들바람만 불어도 공병처럼 울보가 된다

누가 귀에 대고 잘 사는 게 뭔지 알려만 준다면

주먹을 풀고 자존심이고 뭐고 간에

짐승처럼 엎드려 울 수 있겠는데

그 생각도 잠시,

이까짓 일에 울 수는 없지 울어선 안 되지

먹지도 못하는 술을 들이붓는다

(중략)

삼킨 것들을 이정표 아래 전부 게워내도

천근만근인 우리는 도로 노여움을 삼키며

망망대해의 조난선처럼 휩쓸려 간다

—「탑동」 부분

어디로 갈지 모르지만, 아무튼 휩쓸려 간다는 것. 이
는 전적인 포기의 진술이 아니다. 삶의 진정한 공포는
휩쓸릴 여지도 없이 붙박여 정주할 수밖에 없다는 점
에 있다. 그렇기에 "조난선처럼" "휩쓸려 가"는 것조차
일종의 축복이 된다. 하지만 '시인의 말'에 적혀 있듯,
"누군가가 나를 아득한 곳에 집어 던져 주었으면, 그 먼
데서 길을 잃었으면" 소망하면서도, 끝내 돌아오는 진
실은 늘 "원점으로 되돌아오"게 된다는 데 있다. 그 "원

점"에 붙박여 있는 한, 우리는 푸슈킨의 시구처럼 오늘
의 슬픔을 달래며 마음을 미래로 보내는 수밖에 없다.
그렇게 쓰여지는 시가 진정 자신을 구원할 것인지, 혹
은 당의정糖衣錠처럼 이 순간을 모면하는 최면에 불과한
것인지는 아직 알 수 없다. 되돌아올 줄 알면서도, 원점
原點의 원점遠點을 향해 그저 실려 갈밖에.

어딘가로
영영 실려 가는 수밖에는
　　　　　　　　　　　　　　　―「장난감 강아지 해리」 부분

2. 납작해진 새의 울음, 다시

길바닥에 떨어진 내 나이 또래
오백 원짜리 동전 앞에 멈춰 선다

이젠 이런 게 기쁘지가 않아
예전의 내가 아니거든

애써 말해 보지만
주울까 말까 누가 먼저 줍진 않겠지
걸음을 떼는 척 발로 짓이긴다

141

학창 시절을 줄곧 괴롭혀 온 건

꼭 서너 푼씩 모자라는 애매한 생활비보다도

이런 빈곤에 익숙해진 나머지

하잘것없는 것에 깡마른 몸을 움츠려

자발적으로 승복해 버리는 습성 아니었나

종합 상가 유리 벽 앞에 엉거주춤 선 나를 마주할 때

짓밟혀도 붙어먹어야 산다 살아남는다

바닥에 해진 마음 하나

손으로 훔쳐내려다 놓치자

납작한 새 울음소리가 들린다

—「습성」 부분

　길을 걷다 닳아 빠진 오백 원 동전을 발견했을 때, 그
것을 주울지 말지 멈칫거리는 것은 욕심 때문만은 아
닐 것이다. 푼돈 하나라도 아쉬운 마음에 남몰래 주머
니를 채우려는 내밀한 욕망은 기실 '욕망'이라 부르기에
도 사소하지만, 삶에 짓눌려 온 우리 모두의 오래된 초
상화인 것이다. 하지만 더욱 서글픈 것은 그런 시절이
지났음에도, 자신을 멈춰 세운 구태의연한 습성, 그 낡

고도 집요한 흔적을 깨달을 때 아닐까? "예전의 내가
아니"라고 되뇌다가도, "걸음을 떼는 척 발로 짓이"기
는 모습은 조금도 변치 않은 '예전의 자신'이기에. 생활
이란 그런 것이다. 지나면 한때의 기억이요 정답기조차
한 추억이지만, 여전히 "나"의 욕망과 의식, 행동마저 사
로잡는 낡은 표지 같은 것. 흡사 자기의 인장 같다고 할
까? 멀리 떠나 버리고 싶던 원점에 다시 자기를 매어 두
는 "자발적으로 승복해 버리는 습성"이 그것이다. 누
구에게나, 언제 어디서든 마주칠 법한 이 광경을 "종합
상가 유리 벽 앞에"서 "마주할 때" 문득 들려오는 것은
"납작한 새 울음소리"다. 도대체 어떤 새일까? 왜 이 새
는 하필 지금, 이럴 때 자신의 울음소리를 내게 들려주
는가? "새"는 대체 내게 무엇인가?

긴긴 행렬의 선두에서 둔덕을 뚫는 할머니
수레 뒤로 쏟아지는 책
아니, 가만 보면 죽어 가는 새

꺼져 가는 불빛을 되살려 보려고 홰를 치는구나

글로 밥 벌어먹는 사람들은 세상을 바꿔 본 적이 없는데
—「남문사거리」 부분

"새"는 곧 "책"이다. 책은 그저 지식의 집적물을 가리키지 않는다. "죽어 가는" 그것은 생명을 갖고 있는 어떤 존재이며, "꺼져 가는 불빛을 되살려 보려고 홰를 치는" 구체적인 존재이기도 하다. "글로 밥 벌어먹는 사람들"이 실제로 "세상을 바꿔 본 적"은 없지만, "죽어 가는 새"를 살리는 데서 그 시도는 늘 다시 시작된다. "새"는 그것의 상징이며, 이상적인 것이자 지상적 삶 '너머'를 향한 비상의 몸짓을 표상한다.

새는 이 시집을 관통하는 이상, 단적으로 말해 시적인 것의 주도동기라 할 수 있다. 화목한 가족, 걱정 없는 일상, 안온한 삶이 허락되지 않던 인생길은 "애초에 새 같은 건 살지도 않았"던 시절로 떠올려지고(「빈 중심」), 어린 시절 가기 싫은 학교를 억지로 다니며 "발로 차"던 것은 "죽어 가는 비둘기"였다(「졸업」). 지금 이곳의 삶과는 다른 삶, 더 환하게 웃을 수 있고 더 기쁘게 소리칠 수 있는 삶의 이상을 스스로 부정하던 길목에는 늘 새가 있었나 보다. 아이는 "죽은 새를 학교 정문 앞에 두고는" 지나쳐 버리기도 했지만, "죽은 아이와 죽은 새가/겹쳐 보이"던 것은 어째서일까? 짐짓 외면하려 했어도 끝내 잊히지 않던, 새에게 붙들린 아이의 마음. 역설적으로 말해, 새가, 그 이상이 아이를 놓아주지 않은 것은 아닌가? 아이의 내면에 둥지를 튼 새야말로 진정 그 삶을 살도록 만든 시적인 힘이 아니었을까?

> 하루 몇 번 우는 새 달래느라
> 격랑에 제 몸을 깎던 소년이
> 배 끓는 줄 모르고 뒤척이는 동안
>
> 비둘기 한 마리쯤 날아와
> 내 뱃속에 둥지를 틀곤 한다
>
> ─「버드 아일랜드」 부분

곤고한 삶의 질곡 속에 시라는 이상을 찾기는 어려운 노릇이다. 아니, 시라 불리는 이상을 낱낱의 시편 속에서 찾으려는 시도 자체가 어리석을 수도 있다. 그럼에도 시적인 것이 있기에 삶은 지속되었노라 말해야 옳을 법하다. 가능성에 대한 믿음, 언제고 새가 될 수 있으리라는 막연한 공상은 팍팍한 삶의 현장에 시적인 것을 불러낸다. 파산은 그렇게 유예되고(「모라토리엄」), 삶은 원점으로부터 조금씩 먼 곳을 향해 걸음을 옮기기 시작한다.

> 자기야 나 있지,
> 언젠가 아름다운 새가 될 거야

당신 귀에 속삭였어요

날갯짓을 하다 보면 어느새 행려병자의 잇새에 낀
아픔을 쪼아 먹는 악어새가 된다는 계획,

그런 다짐,
하는 순간부터 뭐든 가능성은
생기는 거니까요

가슴과 맞닿은 방바닥의 떨림을
아득한 꿈의 여닫이문에 두드리는
노크라 여기며
새의 날갯짓을 흉내 냅니다

가능성이라는 마약을 뒷거래하는 밀실에서
작은 일교차에도 흔들리는
부패해 버리는 여리고
여린 우리

서로의 팔뚝에 만년필촉을 꽂아 주었어요
바늘 자국을 문지르며
침을 흘리며 비틀거리며 어지럽다고

내일부터

정말 내일부터 하자고

얼빠진 얼굴로 웃으면

눈 밑에 내려앉는 인기척 없는

밤하늘이 번져 와요

　　　　　　　　　　—「모라토리엄」 전문

　"악어새"는 타자의 고통을 덜어 주는 익조다. 하지만 익조는 고통받는 이가 있어야만 비로소 자기의 할 일을 다하며, 그렇게만 "새"로 존재할 수 있는 역설의 운명을 타고 났다. 따라서 "새의 날갯짓"이란 위선이나 허위의 위태로운 경계선을 넘나드는 행위이고, "가능성이라는 마약을 뒷거래하는 밀실"의 작업처럼 보인다. 그저 미래의 마음을 바라보고 시작하기에는 너무나 무거운 오늘의 무게가 여기에 있다. 그럼에도, 다시 그럼에도 "내일"을 기약하는 "날갯짓"의 "가능성"은 대체 왜 마음을 사로잡는가? 아직 다 가 보지 못한 길이어서 그런 걸까? 여태껏 날갯짓 "흉내"만이 전부였을 뿐, 둥지의 바깥, 그러니까 익숙하던 세계의 '너머'를 날고자 뛰어 보지 않았던 탓은 아닐까? 추락의 가능성을 안고, 비상의

가능성을 의혹하며 저 멀리 몸을 던져 보았는가? 그대,
울면서 달려 본 적이 있는가?

> 나는 네게
> 한 방울도 흘리지 않거나
> 다 울어 버린 뒤거나
> 그런 식이어야만 하니까
>
> 물을 반쯤 채운 물탱크차가
> 낮은 과속 방지 턱만 넘어도
>
> 물이 앞으로 출렁이며
> 수 톤의 차를 넘어뜨리는 것처럼
>
> 이 어중간한 마음으로는
> 전속력으로 달려야 했다
> 달려서 네 시야에서 사라지도록
>
> ─「울면서 달리기」 부분

시는 시, 삶은 삶. 이 두 번의 동어 반복에 우리의 진
실이 있다. 그럼, '나'는 어디에 있는가? 시와 삶의 중간
어딘가에? '나'의 몸은 삶에 발을 디딘 채 여전히 힘겹

게 걸음을 옮기는 중이다. 그렇다면, 마음은? 시를 바라보되 삶에 붙박여 있을 때, 삶이든 시든 어느 하나를 포기해야 한다고 강박될 때, 그러면서도 어느 한쪽도 실행하지 못할 때, 그런 "어중간한 마음"으로는 진실의 의미를 포착할 수 없다. 울지 않기 위해 우리는 달려야 하지만, 그럼에도 달린다는 것 자체가 우는 것이며, 오직 "울면서 달리기"만이 삶을 삶으로 끌어안으면서 동시에 시를 바라고 욕망하며 자신을 던지는 몸짓에 가깝다. 원점으로 되돌아갈 운명을 직감하면서도, 그러나 감히 원점의 원점을 향해 자기를 던지는 것. 죽어 가는 새를 보듬고 시를 마음에 각인하는 일은 이 같은 역설을 요구한다.

3. 최적의 거리, 근사치의 감각

> 엊저녁엔 품에 죽어 가는 새를 안고
> 함께 호흡을 맞추며 잰걸음했었지
>
> 살릴 수 있어. 살 수 있어. 살 거야.
>
> 그렇다면 나는 괜찮은 사람인가
> 나 정도면

나 정도 쓰면

이 도시의 잉걸불을 아름다운 점묘화라 말할 수 있나

그런 말을 가슴에 품는다고 다 시인인가

아, 오늘도 기어코 새는 죽지를 않는구나

—「남문사거리」 부분

　"새"가 시의 이상을 상징한다면, "나"는 여전히 현실에 휘둘리는 애처로운 존재다. 위태로운 일상에 지쳐 시를 내버리는 것이 어디 나만의 치욕일까? 기실 세상 모두에게 시란 버거운 과제인 것. 고귀한 이상도 아니고 우러러볼 가치도 아닌, 그저 삶의 비루함을 비추는 불쾌한 거울에 해당된다. 하지만 거울에 묻은 때를 지워가며 자신의 얼굴을 정면으로 직시할 수 있을 때, 그렇게 자기의 본래면목과 마주할 때, 비로소 "나는 괜찮은 사람인가" 물을 수 있기도 할 터. 그 대답이 무엇이든, 이런 질문 자체를 던질 수 있도록 "죽어 가는 새를 안고/함께 호흡을 맞추며 잰걸음"을 재촉하는 이는 드물고 또 드물다. 설령 '울면서 뛰며' 이런 질문에 자기를 비춘다 한들, 얼마나 애처롭고 또 치열해야만 비로소 시에 가까이 다가갈 수 있을까? "그런 말을 가슴에 품는

다고 다 시인인가" 반문할 만큼 달리면 되는 걸까? 오늘
도 간신히 새가 죽지 않았음을 확인하면서, 이제 새를
살리는 것은 오직 "나"만의 경주임을 자각하지 않을 수
없다. 그렇다. 시가 여지껏 나를 살려 왔다면, 지금부터
는 내가 시를 살려야 하는 것.

>   인터넷에 검색하면 나는 없고
>   마주하게 되는 영 엉뚱한 사람들
>   울고 웃고 때론 고개 숙이고
>   또 부끄러워지고
>
>   경수야, 이만큼은 해야 사람들이 알아봐
>
>   이름 석 자를 내걸고 산다는 건
>
>   한뉘 거리에 나뒹굴며 세상이 알아줄 때까지
>   치욕을 짓씹는 유치한 짓은 아닐 것이다
>   ―「문경수」부분

　허영심이나 공명심으로 자기 이름을 검색해 보는 이
들도 없지는 않다. 세상에 이름을 떨치고자, 유명세를
얻어 자기 만족과 위안을 삼고자 그리하는 이들을 탓

할 까닭도 없다. 그저 그들의 사연에 "울고 웃고 때론 고개 숙이"면 그뿐이다. 다만 '내'가 "부끄러워지"는 것은 이름을 알리지 못함이 아니라 자신이 진정 새를 살리고 있는지 확언할 수 없는 까닭이다. "치욕"이란 허명을 얻지 못해 생기는 분한 마음이 아니라, 살릴 수 있음에도 살리지 못하고 있다는 무력함에서 비롯되는 것. 자신이 어떤 다른 누구도 아닌 "나"로 존재하기를 바라는 마음은 이로부터 싹튼다. "버려선 안 될 것을 버려 가면서까지/그게 틀림없는 내가 될 때까지"(「문경수」).

시인의 실존은 단순하지 않다. 그의 '어중간한 마음'은 실상 여러 겹의 마음들로 갈라지고 분산되어 실존을 흔든다. 아마도 가족이란 그중 가장 무거운 짐이자 업보, 다정하면서도 떨치고 싶은 엄중한 현실일 것이다.

> 아버지가 아무도 나갈 수 없는
> 미로를 만들어내는 동안
>
> 가도 가도 끝없는 복도를 헤매면서
> 나는 망치를 들고 앞을 부쉈다
>
> 하루에도 몇 군데를 돌면서
> 깨진 벽에 시멘트를 바르는 아버지

얼마나 많은 실금을 문질러야 미로가 완성될까

미로를 만들다 미로에 갇힌 둘은
어딘지도 모르는 곳에서
서로를 탓하며 부수고 세우고를 반복했다
— 「미장」 부분

아버지의 "미로"는 시인의 유년기를 지배하는 기억
이면서, 성인이 된 그에게 남겨진 잔혹한 흔적, 지울 수
도 없고 빠져나갈 수도 없는 가족의 족쇄일 것이다. 누
군가에게 그것은 축복이기도 하겠지만, 대개의 자식들
에게 가족이라는 미로는 자신의 현재를 고착시키고 더
이상 앞으로 나갈 수 없게 만드는 굴레가 된다. 그런 미
로를 벗어나고자 또 다른 미로를 만드는 자식은, 어느
새 아버지의 것과 닮은 또 다른 미로 속에 스스로를 가
두고, 거기서 자기를 닮은 아버지와 조우한 채 "서로를
탓하며 부수고 세우고를 반복"하게 된다. 삶의 비루함
도 애처로움도 이로부터 비롯하는바, 가족이 "한평생
내 앞길을 막는다"는 자탄 속에 우리는 곧잘 침몰해 버
리고 만다(「4B」).

나는 뉘우칠 잘못이 많아서 그래서

(중략)

사라져야 한다면 그것은 나인 것만 같습니다

　　　　　　　　　　　　　　　　—「웨어러블 캠」 부분

　죄의식의 기원에는 가족이 있다. 아버지일 수도, 어머니일 수도. 누구든, 가족이란 그런 것이다. 아이러니하게도, 죄의식은 때로 달콤한 약이 되어 우리를 유혹하고, 그에 취한 채 한평생을 살도록 유인한다. 그럴 수도 있을 것이다. 하지만 약에 취한 마음에는 새가 깃들지 않는다. 죄의식이라는 굴레에 복속되거나 아예 모른 척 내던짐으로써 시를 품을 수는 없다. "먹어선 안 되는 것이고/삼킬 수도 없는" 그 굴레를 오래도록 입에 물고 있으면(「자율학습」), 어느새 뱉을 수도 없고 넘길 수도 없는 그 어중간함이야말로 자신이 받아들여야 할 운명임을 깨닫지 않을 수 없다. 새는 굴레로부터 풀려날 때 자유로운 게 아니라, 굴레에 매인 채 날갯짓을 해야 하는 역설 속에 자유로운 존재라는 것. 달리 말해, 새는 하늘이나 땅 어느 한 곳에 매인 것이 아니라, 하늘과 땅이 맞닿는 저 먼 지평 어딘가를 위태롭게 활공할 때만 실존한다는 것. '마음의 미래'는 그 부재의 실재로서만 우리에게 가능하다는 것. 그러니 '저 먼 지평'이란 섬처럼 고립된 어느 곳, 지금 여기로부터는 동떨어졌지만 실재하고, 실재하되 영원히 도달할 수 없는 영토를 말하지 않을까?

뜯어낸 손톱 위에 굽은 등

누르면 아픈

섬.

슬픈 꿈을 꾸는 우리의 자세

—「미드나잇 선즈」 부분

갈라진 마음은 곧장 잔잔한 핏빛 바다가 된다. 언제쯤 섬에 도착하나요. 뱃머리 위에 서서 불러 보는 어머니. 아버지. 먼 곳까지 갔다 이내 그들이 있는 집으로 되돌아오고야 마는 나. 실눈을 뜨고 바라본 현관문 열쇠 구멍 안엔 바다에 수장된 섬 하나 있다. 그리고 섬에 눈먼 나를 건져내기 위해 투명하고 눈부신 그물을 던지는 꿈속 어머니, 아버지.

—「낡은 바다를 입고 잠들면」 부분

화해는 모든 것을 접고 현실로 되돌아오는 귀환을 가리키지 않는다. 바라고 욕망하는 것, 그 모두를 내려놓고 지금 이곳의 삶에 안주하는 것이 아니다. 차라리 화해는, 원점을 떠나 원점으로, 저 멀리로 가되 나를 붙잡는 현재의 목소리와 손길을 다정히 거절하는 몸짓, 그 슬프지만 단호한 발걸음에서 시작된다. '먼 곳'에 대한 열망과 '이곳'에 붙박인 자신을 동시에 긍정하고, 그럼으로써 다시 '먼 곳'으로 자기를 던지려는 시도 속에 비로소 우리는 새의 울음소리를 듣게 된다.

> 밤새는 날아와
> 벼랑 끝에서 양 갈래로 갈라진 내 가슴을
> 쪼아 먹고는
> 울면서 뭐라고 속삭인다
>
> 세상이 밉고
> 사람이 미워서
> 올라섰을 뿐인데
>
> 바위가 보인 건 미소가 아니라
> 위태로운 상처들을 꿰매어 놓은
> 수술 자국이었으니

녹슨 철로였으니

천 길 절벽의 갈림길에서
바위틈이 내어 준
그 아픈 내리막을

나는 조심조심
걷지 않을 이유가 없었다

— 「퇴원」 부분

　'날갯짓' 혹은 '비상'이라는 단어가 갖는 수직의 이
미지 이면을 보라. 올라선 "벼랑"에서 보이는 것은 산정
의 고요나 창공의 영예가 아니라 "바위"마다 서린 "위
태로운 상처들", 꿰맨 "수술 자국"과 "녹슨 철로"뿐이
다. 세상의 끝, 고원의 높이는 올려다볼 무엇인가가 아
니라 내려다보아야만 눈에 띄는 진실의 상처를 강요한
다. 새의 두 다리가 땅을 딛기 위해 돋아난 것이듯, 이상
적인 것은 상처의 진실 없이 존립하지 않는다. 시가 뿌
리내릴 장소 또한 여기인 것. 이제 다시, 이상이란 무엇
인가? 시란 어떤 것이어야 할까?

　창밖에 내려다보이는 취한이

전봇대에 기대어 앉아
채 언어가 되지 못한 것들을 쏟아낸다

나는 휴대 전화 대신 수첩을 든다

사람들은 어째서
더럽고 불쾌한 걸
시라고 가르치는지

나이 지긋한 약사 흉내를 내면서
왜 자책하는지 혹은 그런 척해야 하는지
그러지 않고
안 쓸 수는 없는 건지

병든 노인네처럼 구는 사람의 진실된 조언을
왜 우리는 역겨워하지 않는지

손등으로 입술을 훔치는
저 취한은 알고 있는 것처럼 보인다

경광등 붉은빛에 휘감겨
길 뒤편으로 실려 간 그가 토했던 말을

구겨서 여물처럼 씹어 본다

되지도 않는 그 말을 삼키면
울렁거리는 속은 멈출 줄 모르고
요동치고

내 시가 누군가의 약봉지가 되든
밑씻개가 되든 아무래도 좋은 것이다
　　　　　　　　　　　　　—「시를 씹는 밤」 전문

　현실에 도취한 "취한"은 나직이 시를 읊조린다. 그것
은 아직 "언어가 되지 못한" 채 웅얼거림의 상태에 머
물러 있다. 그 소리는 아직 세상의 때를 벗겨내지 못한
"더럽고 불쾌한" 무엇처럼 들릴 것이다. 그 같은 어중간
함을 발설할 바에야 애초에 쓰지 않았어야 옳을 수도
있다. 그럼에도, 낡고 상투적인 말 속에 담긴 "진실된 조
언"이 소중한 것처럼, 시는 취한 "입술"로부터 나온 비
언어적 파편에 가까운 소리, '죽어 가는' 새의 울음으로
나 간신히 들리는 것일지 모른다. 아직 말이 되지 못한
그 소리야말로 우리 내면에 "요동"을 일으키고, 또 다른
무엇인가를 불러낼 수 있기 때문이다. 시적인 것이란

그 같은 약동의 힘을 가리킬 것이니, 나로 하여금 이 삶을 살게 만들고 또 시를 읊조리도록 허락해 준다면 그것으로 이미 충분하지 않을까? 누군가를 구하든(「약봉지」) 쓸모없이 버려지든(「밑씻개」), 그렇게 시는 다만 시의 삶을 살아갈 것이다. 가까이, 그러나 "최적의 거리"를 만들면서(「건입」) 시는 삶에 접근하고 삶은 시에 몸을 기댈 것이다. "나"는 다만 그것이 허언에 그치지 않기를 바라면서, 그런 시의 삶을 조심스럽게 언어에 담고자 한다. 희망과 절망 '사이'의 어딘가에. "내가 어떤 '근사치'에 도달하고 있다는 느낌. 그 느낌이 무섭다. 그게 말뿐인 시밖엔 안 된다는 게 섬뜩하다"('시인의 말').

*

「삶이 그대를 속일지라도」는 푸슈킨의 친구들이 반역죄로 체포되고 유형에 처해질 무렵, 우울한 심경 속에 쓰여진 작품이다. 마음을 나누던 벗이 하나둘 사라지고, 자신의 운명조차 짐작할 수 없게 되었을 때, 그 역시 삶의 종막을 꿈꾸었으리라. 의자는 그런 절망의 순간을 지켜 주는 유일한 말벗이자, 죄의 고백을 듣는 사제가 아닐까? 삶의 무게에 굴복해 지금 이곳에서 모든 것을 내려놓거나, 회심의 다른 순간을 기약하거나. 이는 전적으로 의자의 의지에 달린 일. 시인은 그 순간에 자신을 놓아 본다.

> 의자는 그의 유일한 벗
> 죽으려는 뜻마저 온몸으로 지지해 주었지만,
>
> 살아 보려고 뭐라도 하려는 인간과
> 죽어 버릴까, 망설이는 인간은 한통속이어서
>
> 그를 위해 마련된 단 하나의 의자는 다리가 부러졌다
> ― 「단 하나의 의자」 부분

스스로 부러진 의자는 일종의 징벌이다. 살고자 애쓰는 것이나 죽음을 망설이는 것이나, 어느 쪽이든 의자의 의지에 전적으로 기댄 것이 아니었으므로. 진실로 의자에게 자신의 죄를 고백하거나, 속내를 털어놓은 것이 아니었기에. "산 정상에나" 있을 "그런 우아한 의자"의 환상에 여전히 사로잡힌 것이기에. 의자는 말없이 묻는다. 의자에게 모든 것을 의탁하는 것이 '나'의 최종적인 의지인지를. 내가 정말 무릎 꿇고 싶었던 것은 새소리나 이상, 시가 아니었느냐고. 삶과의 결별은 더 이상 새소리를 듣지 못하고, 이상을 바라지 못하며, 시

를 쓸 수 없는 것임을 정확히 아느냐고. 삶의 길과 시의
길이 따로 있을 턱이 없다. 그 길은 구별 불가능하게 뒤
얽혀 있고, 삶의 길 속에 시의 길이 있고, 시의 길 역시
삶의 길을 통해 갈 수밖에 없다. 이 절망 아닌 절망을,
희망 아닌 희망을 받아들이지 않고, 어떤 새소리가 귓
가를 채울까? 시는?

가파른 경사면이 지도엔 생략됐는데도
남이 걸었던 길을 탐내는
환속한 인간들의
발자국을 따라 나는 걸을 수밖에 없었다

이보다 좋을 수 없는 기회는
더는 나아질 게 없는 절망

결국엔 밑바닥으로 치달은 길, 그곳 사람들은
낡은 의자를 고치고 의자를 나르고 색 바랜 의자에 기름
칠했다
벼랑 끝을 배경 삼은 이들은 즉각 바닥에 무릎을 꿇었다

누군가를 사랑한다면
그깟 진흙탕도 대수는 아니므로
　　　　　　　　　　　　　　　　—「단 하나의 의자」 부분

의자의 의지는 결국 나의 의지와 다르지 않다. 시의 의지, 그 이상 또한 다르지 않을 터. 시는 어떤 미래도 약속하지 않는다. 시를 한 줄 쓰고, 아름다운 뜻을 그에 보태고, 그렇게 세상 사람들의 상찬을 풍족하게 누린들 시의 소리가 나를 채울 리 없다. 시의 위로가 헛헛한 까닭은 나의 말이 헛된 까닭이고, 시가 기만스런 이유는 내가 시를 기만했기 때문이다. 그 자체로서 시는 위로도 기만도 아니다. 내 앞에 세워진 의자마냥 시는 그저 존재할 따름이다. "누군가를 사랑한다면/그깟 진흙탕도 대수는 아니"듯, 내가 시를 위해 존재해야 한다. 아니, 다가가야 한다. "어떤 '근사치'에 도달하"는 느낌, "말뿐인 시밖엔 안" 될 수도 있다는 섬뜩함을 안고, 시에 다가가야 한다. "환속한 인간들의/발자국을 따"르듯, 비루하고도 현실적으로. 삶의 실감 속에 "낡은 의자를 고치고 의자를 나르고 색 바랜 의자에 기름칠"하듯, 시를 매만져야 한다. 그렇게, 죽어 가던 새가 다시 날갯짓을 하도록. 시인의 다음 시편들에서 새의 울음소리가 어떻게 다시 들려올지, 우리는 조심스레 귀 기울여야 할 것이다.

틀림없는 내가 될 때까지

2024년 1월 30일 1판 1쇄 펴냄
2024년 6월 7일 1판 2쇄 펴냄

지은이	문경수
펴낸이	김성규
편집	김안녕 한도연 김채현
디자인	신아영
펴낸곳	걷는사람
주소	서울 마포구 월드컵로16길 51 서교자이빌 304호
전화	02 323 2602
팩스	02 323 2603
등록	2016년 11월 18일 제25100-2016-000083호

ISBN 979-11-93412-22-0 04810
ISBN 979-11-89128-01-2 (세트)

* 이 도서는 2024년 한국문화예술위원회 아르코문학창작기금(문학창작산실) 사업에
  선정되어 발간되었습니다.
* 이 책은 제주문화재단 '2023년 제주문화예술지원사업'의 지원을 받아 발간되었습니다.
* 이 책 내용의 전부 또는 일부를 재사용하려면 반드시 지은이와 출판사의 동의를
  얻어야 합니다.
* 잘못된 책은 교환해 드립니다.